الطبعة العربية الأولى عام ٢٠١٧

دار جامعة حمد بن خليفة للنشر
صندوق بريد ٥٨٢٥
الدوحة، دولة قطر

books.hbkupress.com

ماجد الغاضب

الترقيم الدولي: ٩٧٨٩٩٢٧١١٩٢٦٢

تمت الطباعة في بريطانيا العظمى بمعرفة CPI Group (UK) Ltd., Croydon CR0 4YY.

مكتبة قطر الوطنية بيانات الفهرسة – أثناء – النشر (فان)

الرميحي، منيرة سعد، مؤلف.

ماجد الغاضب / تأليف منيرة سعد الرميحي ؛ رسوم دانه الحمد. – الطبعة العربية الأولى.

الدوحة : دار حمد بن خليفة للنشر ، 2017.

صفحة ؛ سم

تدمك : 978-9927-119-26-2

1. الأخوة والأخوات -- قصص الأطفال. 2. الأسرة -- قصص الأطفال. ب. الحمد، دانة، رسام. ج. العنوان.

PJ7926.U42 M35 2017

892.736 – dc23

ماجد الغاضب

تأليف: منيرة سعد الرميحي
رسوم: دانة الحمد

دار جامعة حمد بن خليفة للنشر
HAMAD BIN KHALIFA UNIVERSITY PRESS

يصيحُ ماجدٌ غاضبًا:

لا أريدُ إخوتي، أريدُهم أن يختفوا!

تسألُهُ ماما متعجّبةً:

لماذا تقولُ هذا الكلامَ؟

إنّهُم مُزعجون جدًا!

يُزعجونني كلَّ يومٍ !!
دلالُ لا تكفُّ عن إصدارِ الأوامرِ..
وسعدٌ يمضغُ طعامَهُ بصوتٍ عالٍ.

وهندٌ تبعثرُ
ألعابي في كلِّ مكانٍ،
أريدُهم أن يختفوا!
أريدُ أن أكونَ وحدي.

تبتسمُ ماما وتقولُ
وهي تحضنُهُ:
حسنًا تخيّلْ أن
تستيقظَ غدًا
ولا تجدَ إخوتَكَ..
اختفواجميعُهم.

هل أنتَ مستعدٌّ للذهابِ

إلى المدرسةِ وحدكَ؟

نعم

هل أنتَ مستعدٌّ لتناولِ
الطعامِ وحدكَ؟

لا أدري

هل تريدُ اللعبَ
بالكرةِ وحدكَ؟

لا

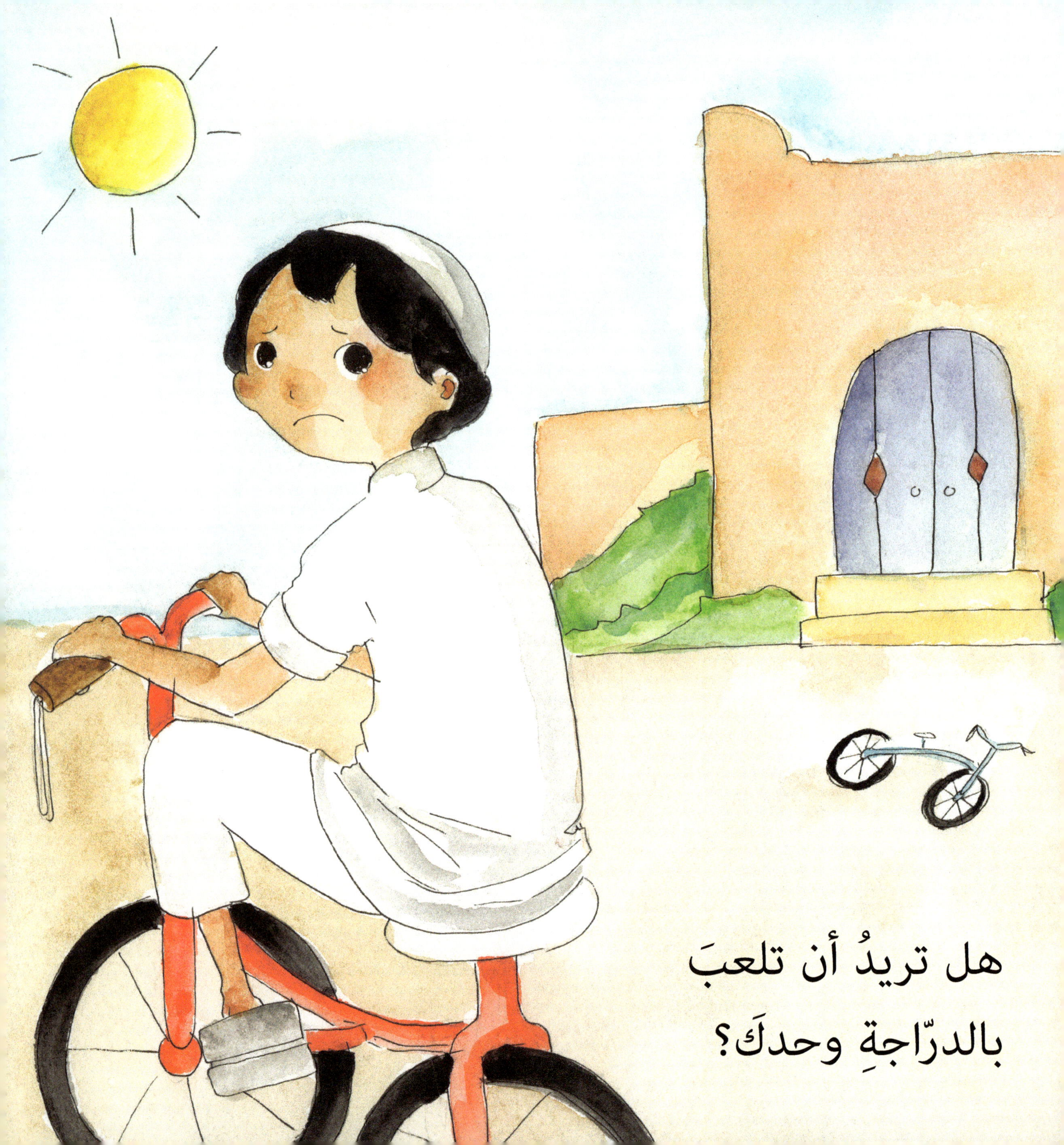

هل تريدُ أن تلعبَ

بالدرّاجةِ وحدكَ؟

لا

هل تريدُ
الذهابَ إلى المسجدِ
وحدكَ؟

لا

هل تريدُ الذهابَ
إلى المجلسِ مع والدِكَ وحدكَ؟

لا

هل تريدُ السباحةَ في البركةِ وحدكَ؟

لا

إذن ماذا تُحبُّ أن تفعلَ
لوحدِكَ يا صغيري؟

لا أحبُّ أن أفعلَ أيَّ شيءٍ لوحدي يا أُمّي

لقد تعوّدتُ على مشاركةِ إخوتي.

ماااجد!

هيّا لنلعبْ بالكرةِ في الخارجِ.

تعلّمْ يا صغيري أنَّ إخوتَكَ
هم أصدقاؤكَ الّذين تشاركُهُم
ذكرياتِ الحياةِ.